Alexander McCall Smith

Precious and The Puggies

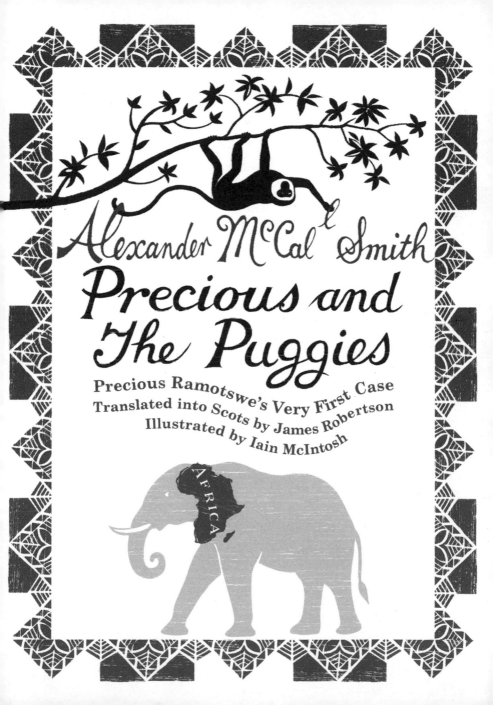

Alexander McCall Smith
Precious and The Puggies

Precious Ramotswe's Very First Case
Translated into Scots by James Robertson
Illustrated by Iain McIntosh

First published 2010 by Itchy Coo
c/o Black & White Publishing Ltd
29 Ocean Drive, Edinburgh EH6 6JL, Scotland

This edition first published 2011

1 3 5 7 9 10 8 6 4 2   11 12 13 14 15

ISBN: 978 1 84502 332 4

**The Publisher acknowledges the support of the
Scottish Arts Council for the Itchy Coo imprint.**

A CIP catalogue record for this book is available
from the British Library.

Printed and bound by MPG Books Ltd, Bodmin

INTRODUCTION

SOME YEARS AGO I sat down and wrote a book about a woman who lived in Botswana. I had no idea then that *The No.1 Ladies' Detective Agency* would be the beginning of a whole series of books – now eleven in number – and that these books would be translated into over forty-five languages throughout the world. The fact that the books have been translated into all those languages gives me great pleasure, but none of that pleasure equals the delight that I feel that the story of Precious Ramotswe, that traditionally-built African lady, is now appearing in Scots. That is the icing on the cake.

Language is one of our great treasures. It is a great pity in my view that some languages are dying out, because that means that the richness and the variety of human life are diminished. Every language has something to offer – a way of looking at the world, a story to tell about a particular group of people, a stock of poetry and song. The disappearance of a language is like the silencing of some lovely bird.

I have long admired the Scots language. I was

brought up with a few Scots words – not many enough – but those that I did know, I liked. I have always enjoyed reading the language and I admire people who are determined that we should not forget how to speak and read the Scots language, our native tongue. The publishers of this book are such people, and I am very grateful that they are bringing Scots to so many young readers by bringing out children's books translated into the language. I say to them: well done.

But there is something else that makes me very happy, and that is the fact that this book has been put into Scots by James Robertson, who understands the language so well, and has illustrations by my old friend, Iain McIntosh. This is their book as much as it is mine. I wrote the book in English, by the way, but did so specifically so that it should be translated into Scots and published in that language before it appeared in English or any other tongue.

And what would Precious Ramotswe herself think of this? I think she would like Scots, because by and large Scots words say what they mean – and say it very clearly. She would approve of that. I think that she would probably say: Thank you, Mr Robertson, and thank you, Mr McIntosh – now let's hear the story!

ALEXANDER McCALL SMITH

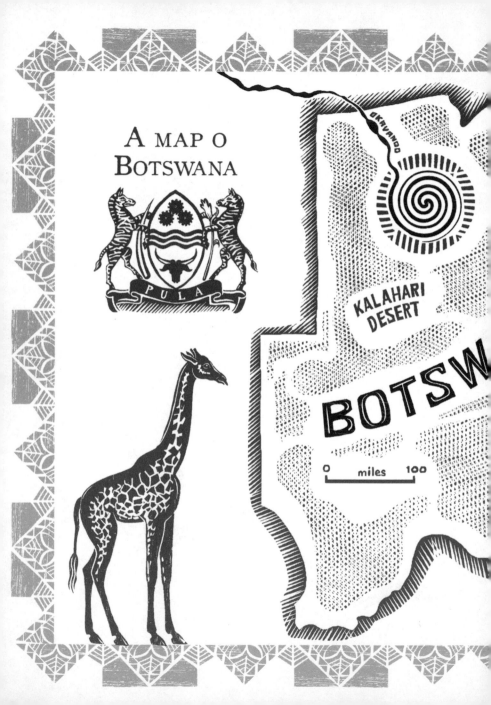

A MAP O
BOTSWANA

PULA

OKAVANGO

KALAHARI
DESERT

BOTSW

0 miles 100

CHAPTER
YIN

AE YE EVER SAID INTAE YERSEL — no oot lood, mind, but quiet-like, jist in yer heid: *Wid it no be braw tae be a detective?* Weel, I hae, and a wheen o ither folk hae and aw, although maist o us will never hae the chance tae mak oor dream come true. Detectives, ye see, are born that wey. Richt fae the stert, they jist *ken* that this is whit they want tae be. And richt fae the stert, even when they are awfie wee — much wee-er than yersel — they shaw that solvin mysteries is somethin they can dae gey weel.

This is the story o a lassie that became a detective. Her first name wis Precious, and her saicont name wis Ramotswe. Yon's an

RAM ✦ OTS ✦ WE

African name, and it's no as hard tae say it as it looks. Ye jist say RAM and syne ye say OTS (like *stots* wioot the *st*) and syne ye feenish it aff by sayin WE. And that's aw there is tae it.

Here a pictur o Precious when she wis aboot eicht. She is smilin because she wis thinkin at the time o somethin funny, although aften eneuch she wid smile even when she wisna thinkin aboot onythin muckle at aw. Couthy folk smile a lot, and Precious Ramotswe wis yin o the couthiest lassies in Botswana. Awbody said that aboot her.

Botswana wis the country she steyed in. It wis doon towards the nether end o Africa, richt in the middle. This meant that it was an awfie lang wey fae the sea. Precious hadna ever seen the sea, but she had heard folk speak aboot it.

'The soond o the waves is like the soond a strang wind maks in the brainches o the trees,' folk said. 'It's like that soond, but it never staps.'

She wid hae loved tae staund aside the sea, and tae let the waves sweel ower her taes, but it was ower faur awa sae her wish couldna be grantit. Sae she had tae content hersel wi the braid drouthy land that she steyed in – a land that had a wheen o dumfoonerin things tae see in it onywey.

There wis the Kalahari Desert, a muckle streetch o dry gress and jaggy thorn trees

that gangs on and on intae the distance, hyne awa ayont the sicht o ony ee. Syne there wis the muckle river in the north, which rins the wrang wey, no intae the ocean, as maist rivers dae, but backarty-wise intae the hert o Africa. When it raxes tae the saunds o the Kalahari, it sypes awa, jist the wey watter disappears doon the jaw-hole o a bath.

But maist excitin, wioot ony doot, were the wild craiturs. There's an awfie steer o them in Botswana: lions, elephants, leopards, ostriches, puggies – the leet's as lang as yer airm. Precious hadna seen aw o thae craiturs, but she had heard aboot maist o them. Her faither, a kind man wha wis cried Obed, had aften spoken aboot them, and she loved the tales he tellt.

'Tell me aboot yon time ye were gey near ett by a lion,' she wid spier. And Obed, wha'd tellt her that story mibbe a hunner times afore, wid tell her again. And it kittled her up jist as muckle ilka time he tellt it.

'I wis jist a laddie in thae days,' he stertit.

'Hoo auld were ye?' spiered Precious.

'Aboot eichteen, I doot,' he said. 'It wis jist afore I gaed awa tae wark in the gowd mines. I gaed up north tae see ma uncle,

5

wha steyed oot in the bush, awa oot in the middle o naewhaur.'

'Did onybody else bide there?' spiered Precious. She wis aye spierin questions, and that wis a sign that she micht end up as a detective. A guid few folk that are aye spierin questions end up as detectives, because that's whit detectives hae tae dae.

'It wis a gey wee village,' said Obed. 'It wis really jist a puckle bothies, and a fenced-in bit whaur they buchtit the kye. They had this fence, ye see, which guairdit the kye fae the lions at nicht.'

As ye can imagine, this fence had tae be gey strang. Ye canna keep lions oot wi a fence that's nae mair than a puckle strips o wire. That's nae use at aw when it comes tae lions – they wid cowp ower that kinna fence wi jist ae chap o their loof. A richt lion fence has tae be made oot o strang poles, fae the trunks o trees, jist like this:

Noo yon's a guid, unshooglie lion fence.

'Sae there I wis,' Obed gaed on. 'I had gane tae spend twa-three days wi ma uncle and his faimly. They were guid tae me and I fair enjoyed bein wi ma kizzens, that I hadna seen for a lang while. There

wis sax o them – fower laddies and twa lassies. Mony an adventure we had thegither.

'I slept in yin o the bothies wi three o the laddies. Oor sleepin mats were made oot o reeds, that we wid spreid oot on the flair o the bothy. They were awfie snod and comfy, and cool in the hot weather, and easy tae stowe awa in the day as weel.'

Precious wis quiet noo. This wis the pairt o the story that she wis waitin for.

'And syne,' her faither cairried on, 'and syne ae nicht I woke up tae hear an unco soond ootby. It wis a kinna grunchin soond, a wee bit like the soond a muckle grumphie maks when it's snowkin aboot for scran, ainly a wee bit deeper.'

'Did ye ken whit it wis?' she spiered, haudin her braith as she waited on her faither's answer. She kent whit the answer wid be, of coorse, as she had heard the story

that mony times, but it wis ayewis excitin,
ayewis eneuch tae keep ye on heckle-pins,
richt on the edge o yer seat.

He shook his heid. 'Naw, I didna. And
that wis hoo I thocht I should gang ootby
and find oot.'

Precious
steekit her
een ticht,
jist like this.

She could hardly thole
tae hear whit wis comin.

'It wis a lion,' said her
faither. 'And he wis richt
ootside the bothy, staundin
there, lookin at me in the
nicht fae ablow his muckle,
daurk mane.'

Like this.

Precious opened her een cannily, yin efter the tither, jist tae mak shair there wisna a lion in the room. But there wis ainly her faither, tellin his story.

'Hoo did that lion get in?' she spiered. 'Hoo did he get in by yon muckle strang fence?'

Obed shook his heid. 'I fund oot efter that the yett hadna been sneckit richt,' he said. 'It wis jist somebody bein hashie.'

But eneuch o that. It wis time tae find oot whit happened nixt in the story.

Precious shithered at the thocht, and listened wi baith lugs as her faither explained whit happened nixt.

Obed turnt his heid awfie slowly – no eneuch tae roose the lion, but jist eneuch sae he could keek aboot for escape routes. He couldna win back tae the bothy, he thocht, as this wid tak him ower close tae the flegsome beast. Aff tae his left, though, jist a few paces awa, were the faimly's meal bins. These were muckle bins, raither like gairden pots – but a sicht bigger – that were used tae store the maize that the faimly grew for their food. They were made oot o pressed glaur, beekit hard by the bealin sun, and were awfie strang.

WHIT WID YE DAE if ye fund yersel face tae face wi a muckle lion? Staund as still as a stookie? Mak yer feet yer freens and rin? Creep awa quiet-like? Mibbe ye wid jist steek yer een and hope that ye were haein a dream – which is whit Obed did at first when he saw the frichtsome lion starin strecht at him. But when he opened his een again, the lion wis aye there, and whit wis waur, wis stertin tae open its muckle mooth.

Precious sooked in her braith. 'Did ye see his teeth?' she spiered.

Obed noddit his heid. 'The moonlicht wis gey bricht,' he said. 'His teeth were white and as sherp as muckle needles.'

13

Obed drapped his voice. 'I looked up at the nicht sky and thocht, *I'll never see the sun nae mair.* And syne I looked doon at the grund and thocht, *I'll never feel ma beloved Botswana ablow ma feet nae mair.* But the nixt thing I said tae masel wis, *Naw, I must dae somethin. I'll no let this lion eat me!*

'I made up ma mind and ran – no back tae the bothy, but tae the nearest meal bin. I pushed the cover back, lowped in and brocht the lid doon on tap o ma heid. I wis safe!'

Precious peched oot a sech o relief. But she kent there wis mair tae come.

'There wisna mair than a wee tait o

meal left in that bin,' Obed gaed on. 'There wis jist a puckle huils and stoorie bits. Sae there wis plenty o room for me tae coorie doon.'

'And ettercaps tae?' spiered Precious, wi a shither.

'There's aye ettercaps in meal bins,' said Obed. 'But it wisna ettercaps I wis batherin aboot.'

'It wis ...'

Obed feenished the sentence for her. 'Aye, it wis the lion. He had been a wee bit stammygastert when I lowped intae the bin, and noo I could hear him ootside it, scartin and snochlin at the lid.

'I kent that it widna be lang afore he wis pushin the lid aff wi yin o his muckle loofs, and I kent that I had tae dae somethin. But whit could I dae?'

Precious kent the answer. 'Ye could tak some o the stoorie bittocks fae the bottom o the bin and ...'

Obed lauched. 'Ye're richt. And that's whit I did. I took a gowpen o thae stoorie huils and syne, heezin up the lid jist a tottie wee bit, I flung them strecht intae the face o that nebbie lion.'

Precious goaved at her faither wi wide een. She kent that this wis the guid pairt o the story.

'And whit did he dae?' she spiered.

Obed smiled. 'He wis fair pit oot,' he said. 'He breathed them in and syne he gied the loodest, michtiest, maist heid-dirlin sneeze that has ever been sneezed in Botswana, or mibbe even in the haill o Africa. Ka...chow!' Like this.

'It wis an awfie muckle
sneeze,' Obed said. 'It wis a
sneeze that wis heard fae miles
awa, and wioot a doot it wis heard
by awbody in the village. In ilka bothy,
folk waukened, dichted their een, and
rose fae their sleepin mats. "A great lion
has sneezed," they said yin tae anither.
"We must aw chap, ding and dunt oor pots
and pans as hard as we can. That'll fleg
him." '

And that is whit happened. As the folk began tae hit their pots and pans wi spoons and forks and onythin else that cam intae their haunds, the lion pit his tail atween his shanks and skelped aff intae the bush. He wisna feart at eatin yin puir young chiel, but even he couldna tak on a haill village o folk aw makkin sic a scunnersome stooshie. Lions dinna like that kinna thing, and this yin certainly didna.

'I'm gled that ye werena ett by yon lion,' said Precious.

'And I am and aw,' said Obed.

'Because if the lion had ett ye, I wid never hae been born,' Precious said.

'And if ye had never been born, then I widna hae been able tae get tae ken the brichtest and brawest lassie in aw Botswana,' said her faither.

Precious thocht for a meenit. 'Sae it

wid hae been a bad thing for baith o us,' she said at last.

'Aye,' said Obed. 'And mibbe a bad thing for the lion tae.'

'Oh, whit wey's that?'

'Because I micht hae gien him a sair belly,' said Obed. 'It's weel-kent that if a lion eats a gadgie that's feelin crabbit at the time, he gets a sair belly.'

Precious looked at her faither wi misdoot. She wisna shair if this wis true, or if he wis jist makkin it up tae keep her gaun. She decided that it wisna true, and tellt him sae.

He smiled, and gied her a fly look. 'Ye're naebody's gowk, are ye? Ye can aye tell when folk are makkin things up.'

Precious noddit her heid. She thocht that wis aboot the truth o it – she *could* tell.

'Mibbe ye should become a detective yin day,' he said.

And that wis hoo the idea o becomin a detective wis first plantit in the mind o Precious Ramotswe. She wis aye ainly eicht year auld, but she wis aboot tae set aff on a career as Botswana's maist kenspeckle detective!

DETECTIVES sometimes say yin tae anither: it's yer first case that's ayewis the maist fykie. Weel, Precious wis never jist shair if that wis true for her, but her first case wis definitely no a skoosh.

It happened no lang efter her faither had tellt her that yin day she micht become a detective. When he said that, her first thocht had been, *Whit an unco notion*, but then she spiered intae hersel, *How no?* That's aften whit ye think efter some ither body pits an unco notion intae yer heid. *How no?* And efter ye hae spiered that question, ye think *Weel, aye!* And syne ye decide that there's nae guid reason why ye

shouldna dae it.

Mind, it's no ayewis like that. If somebody comes up wi somethin that's stupit, or ill-hertit, weel, ye should strecht awa see aw the reasons for no daein it. And syne ye say, *Thanks onywey, but naw!* Or *Awa and bile yer heid!* Or somethin alang thae lines.

But Precious said tae hersel, 'Aye, I could be a detective. But I doot it'll be

years and years afore I get a case.'

She wis wrang aboot that. A case cam
up a haill lot quicker than she thocht.
This is hoo it happened.

The schuil Precious gaed tae wis at
the tap o a brae. This meant that the
bairns had a fair traik in the mornins,
but yince they were up there, whit a braw
spot it wis for their lessons. Keekin oot
o the windaes, they could gaze ower tae

whaur aw the tither wee braes papped up like islands in the sea. And ye could hear soonds fae faur aff tae – the plinkin o coos' bells, the rummle o thunner hyne awa in the distance, the skirl o a bird o prey soarin in the wind.

Weel, ye can see hoo it wid be an awfie happy schuil. The teachers were happy tae be warkin in sic a braw toun, and the bairns were happy tae hae kind teachers that didna rair at them ower muckle, and even the schuil baudrans, wha had a snod wee den ootby, wis happy wi the moosies that could be huntit maist days. But syne somethin no nice happened. That's whit like the warld is sometimes: awthin seems tae be set richt, and syne somethin comes alang and cowps it.

Whit happened is that there wis a thief. Noo, maist folk dinna pauchle things. Maist folk – and I'm shair that includes yersel and me – ken that things that

belang ither folk belang ither folk. For a wheen o us, that is Rule Nummer Yin, and sometimes ye see it written oot like this:

RULE NUMMER YIN

Dinna help yersel tae ither folk's gear!

And Rule Nummer Twa? Weel that's anither maitter awthegither, and we aw ken whit it is onywey. Sae, a thief ... and a thief at the schuil and aw!

The first person tae jalouse whit wis gaun on wis Tapiwa (TAP-EE-WAH), a lassie in the same cless as Precious.

TAP·EE·WAH

'Dae ye ken whit?' she whuspered tae Precious as they were gaun hame efter schuil yin efternoon.

'Naw,' said Precious. 'Whit?'

'There must be a thief at the schuil,' said Tapiwa, keekin ower her shooder in case onybody heard whit she had tae say. 'I brocht a scliff o cake tae schuil wi me this mornin. I left it in ma poke in the passage ootside the clessroom.' She paused afore she cairried on. 'I wis awfie lookin forward tae eatin it at piece-time.'

'I love cake,' said Precious, steekin her een and thinkin on some o the cakes she

had enjoyed. Iced cakes. Cakes wi jam on tap o them. Cakes strinkled ower wi sugar and syne dooked in wee coloured sugar-baws. There were that mony cakes ... and ilka yin o them wid melt in yer mooth.

'Somebody taen ma cake,' Tapiwa girned. 'I had it wrapped up in a wee bit paper. Weel, it wis awa, and I fund the paper lyin on the flair.'

Precious frooned. 'Awa?'

'Eaten up,' said Tapiwa. 'There were crumbs on the flair and wee dauds o icin. I picked them up and preed them. I kent they'd cam fae ma cake.'

'Did ye no tell the teacher?' spiered Precious.

Her freen seched. 'Aye, I did,' she said. 'But I doot she didna believe me. She said, "Are ye certain shair ye didna forget that ye ate it yersel?" She tellt me that's whit happens sometimes. Folk eat a scliff o cake and syne dinna mind daein it.'

Precious had a guid look at Tapiwa. Wis she the kinna person that wid eat a scliff o cake and syne forget aw aboot it? She didna think sae.

'It was pauchled,' said Tapiwa. 'That's whit happened. There's a thief in the schuil. Wha dae ye think it is?'

'I dinna ken,' said Precious. She fund it hard tae imagine onybody in their cless daein a thing like yon. Awbody seemed sae honest. And yet, when ye thocht aboot it, if there were grown-up thieves, weel, thae thieves must yince hae been bairns, and mibbe they were awready thieves when they were bairns. Or did folk ainly tak up pauchlin a whilie later on, when they turnt saxteen or somethin? It was a gey interestin question, and she wid hae tae think aboot it a sicht mair. Which is whit she did as she daunered hame that day, ablow that heich, het African sun.

She thocht aboot thieves and whit tae dae
aboot them.

IT WID HAE BEEN EASY for her tae forget aw aboot it – efter aw, it was jist a scliff o cake – but the nixt day it happened again. This time it wis a bit breid that wis pauchled – no a plain bit breid, hooever: this yin wis slaistered wi delicious reid jeely. Ye can loss a plain bit breid and never fash yer heid aboot it, but when ye loss yin that's smoored wi thick reid jeely yon's a mair serious maitter awthegither.

This bit breid (wi jeely) belanged a wee laddie cried Sepo. Awbody liked this laddie because he wis aye sayin funny things. And folk like that, because there's awready eneuch in the warld tae greet at. If somebody can say somethin funny, that aften maks awbody feel a sicht better. Gie it a shot yersel: say somethin funny and see hoo folk kittle up when ye say it.

Here a pictur o Sepo.

Ye'll see that he is smilin. And here a pictur o the bit breid and reid jeely.

Aye, if ye saw sic a braw piece sittin

on a plate yer mooth wid shairly stert tae slaiver. And aye, ye micht imagine hoo delicious it wid taste. But wid ye really eat it if ye kent it belanged somebody else? Of coorse ye widna.

It happened at denner time. Ilka day, at

twal oors sherp, the schuil cook, a
gey muckle wifie cried Maw Molipi

MO·LEE·PEE

(MO-LEE-PEE), ayewis cried
Muckle Maw Molipi, wid batter
a pan wi a ladle. This wis the
signal for aw the bairns tae sit
doon on the verandah and wait
tae be gien a plate o scran that
she had cooked wi her helper
and kizzen. This helper wis cried
No-Sae-Muckle Maw Molipi, and,
as ye can tell fae the name, she
wis a lot wee-er than the heid cook
hersel. Here a pictur o the twa o
them staundin thegither. Ye'll see
hoo no like they are.

'Denner time!' Muckle Maw
Molipi wid goller in her awfie
lood voice.

Syne No-Sae-Muckle Maw

Molipi wid skreich, in a voice that wis wee-er and mair squaiky, 'Denner time!'

Muckle Maw Molipi's scran wis no bad, but no aw that no bad. It wis, in fact, a bit dreich, as it turnt oot she had jist the wan recipe, which wis a kinna parritch made oot o corn and served wi green peas and champit neeps.

Denner time!

'It's gey and halesome fare,' said Muckle Maw Molipi. 'Sae stap yer girnin, bairns, and get it doon ye!'

'Aye,' said No-Sae-Muckle Maw Molipi. 'Sae stap yer girnin, bairns, and get it doon ye!'

As ye can see, No-Sae-Muckle Maw Molipi didna say onythin forbye whit she heard her mair muckle kizzen say. If ye said onythin new, she thocht, syne folk wid glower at ye, and No-Sae-Muckle Maw Molipi didna fancy the notion o yon.

It was nae surprise that a wheen o the bairns liked tae mak their denner a bittie mair interestin by bringin their ain scran. Some brocht a bit fruit,

Denner time!

or a sugary doughnut, or mibbe a sweet biscuit. Syne, efter their denner, when they aw had a bit free time afore they gaed back intae the schuilroom, they wid eat thae special sneysters. Or, if they didna hae ocht tae bring, they could watch ither folk eatin theirs. Sometimes, when ye're awfie hungert, the nixt best thing is jist tae watch ither folk eatin. But this can mak ye even mair hungert and aw, if ye're no canny.

Sepo had brocht his bit breid and jeely in a broon paper poke. While Muckle Maw Molipi served oot denner, he had left his poke in the schuilroom, pit awa safely ablow his desk. He wis shair that this wis whaur he'd left it, and sae when he gaed back in and saw that it had vainished, he wis stammygastert, and maist pit oot.

'Ma piece!' he pewled. 'Somebody's taen ma piece!'

Precious wis walkin by the open door

o the schuilroom when she heard this. She keeked in: there wis Sepo staundin greetin-faced aside his desk.

'Are ye shair?' Precious spiered.

'Aye I'm shair,' said Sepo. 'It wis there when we gaed oot for oor denner. Noo it isna, and I didna tak it.'

Precious gaed intae the schuilroom and scansed the spot that Sepo wis pyntin oot. Wioot ony doot, there wis naethin there.

'I'll ask folk if they saw onythin,' she said. 'For noo, ye can hae hauf o ma biscuit. I hope that maks ye feel better.'

It did. Sepo wis aye pit oot, but no jist as pit oot as he'd been when he made the discovery.

'There has tae be a thief in the schuil,' said Sepo as they walked oot tae the playgrund. 'Wha dae ye think it is, Precious?'

Precious shrugged her shooders. 'I jist dinna ken,' she said. 'It micht be onybody.'

Sepo looked pensefu. 'I doot I micht ken wha it is,' he said. He didna speak abune his braith, even though there wis naebody else aboot.

Precious gied him a spierin look. 'Hoo d'ye ken that? Did ye see somebody tak it?'

Sepo keeked cannily ower his shooder. 'Naw,' he said. 'I didna see onybody pittin their haund on it. But I did see somebody gaun awa fae the schuilroom door.'

Precious wis haudin her wheesht, waitin on Sepo tae say mair. He steyed

silent, though, sae she whuspered tae him,
'Wha?'

Sepo didna say onythin, but efter
switherin a wee meenit he pynted gey
cannily tae somebody staundin in the
playgrund.

'Him,' he whuspered. 'It's him. I saw
him.'

Precious frooned. 'Are ye shair?' she
spiered.

Sepo thocht intae himsel. If ye spier
a body whit they saw, they aften hae tae
think for a whilie afore they answer. And
aften they get it wrang. But noo Sepo said,
'I'm shair – I'm certain shair. And look at
him. Dae ye no think he *looks* like he's
been eatin ower muckle!'

'Dinna say onythin,' said Precious. 'Ye canna accuse anither body o daein somethin unless ye actually saw them daein it.'

Sepo looked as if he had his doots aboot that. 'Hoo no?' he spiered.

'Because ye could be wrang,' said Precious.

'But I'm no,' said Sepo.

THAT NICHT, as Precious lay on her sleepin mat, waitin on her faither tae come ben and tell her a story – as he aye did – she thocht aboot whit had happened at the schuil. She didna like the thocht o a thief bein at the schuil – thieves spylt awthin: they made awbody misdoot yin anither, which wisna a guid thing at aw. Folk should be able tae lippen on ither folk, wioot fashin aboot whether they were gonnae pauchle their gear.

But if she didna like the thocht o there bein a thief, she didna like the thocht that an innocent body micht be suspeckit either. She didna ken the laddie that Sepo had pynted oot – she had seen him, richt

PO•LO•KO

eneuch, and she kent his name, Poloko (PO-LO-KO), but she didna ken awfie muckle aboot him. And for shair she didna ken that he wis a thief.

Here a pictur o Poloko.

Ye'll see that he wis a gey roond laddie. If ye saw him daunerin doon the street, ye micht jalouse that mibbe yon wis a laddie that ate a wee bit ower muckle. And if ye got tae ken him ony better, syne ye micht be shair that this wis hoo it wis and that thae bumflie pooches meant sweeties — a wheen o them. But jist because a body has hunners o sweeties *doesna* mean that he's pauchled them. Wan

thing, ye see, doesna aye lead tae anither. Yon's a lesson that aw detectives learn richt early in their careers, and Precious had awready learnt it. And she wis ainly eicht year auld.

The nixt day at the schuil, when they were copyin doon letters fae the board, Sepo, wha wis sittin on the bink alangside o Precious, whuspered, 'Hae ye tellt onybody aboot the thief?'

Precious shook her heid. 'We dinna ken wha it is. Hoo can I tell the teacher aboot somethin I dinna ken?'

Sepo looked crabbit. 'But *I* ken wha it is,' he said. 'And Muckle Maw Molipi tellt me that somebody has pauchled three iced bannocks fae her kitchen! She tellt me that this mornin. I doot Poloko's laid intae them awready!'

Precious listened but kept her mooth steekit. She thocht yon wis no a fair thing tae say, and wis aboot tae tell that tae Sepo when the teacher gied them a dour look. Sae Precious jist said, 'Wheesht!' and didna say ocht else. But efter, when the bairns were let oot tae play while the teachers sweeled their tea, Sepo and Tapiwa cam up tae her and said they wantit tae speak wi her.

'Are ye gonnae help us sort oot the thief?' Tapiwa spiered.

Precious ettled tae look dumfoonert. She kent whit they were meanin, but she didna want tae help them wi nae proof. 'I dinna ken whit ye're on aboot,' she said. 'Hoo can we sort oot the thief if we dinna ken wha it is?'

'But we dae ken,' said Sepo. 'It's Poloko, that's wha it is.'

Precious glowered at Sepo. 'Ye dinna ken that,' she said. 'Sae I'm no gonnae help yese, no till ye hae some proof.'

Sepo smiled. 'Aw richt,' he said. 'If ye want some proof, we'll get it for ye. We're gonnae look at his haunds.'

Precious wunnered whit he meant by that, but afore she had the time tae spier him, Sepo and Tapiwa skelped awa aff tae the tither side o the playgrund whaur they had seen Poloko sittin on a rock. Precious ran ahint them – no because she wantit tae help them, but because she wantit tae see whit wis gaun on.

'Haud oot yer haunds,' Tapiwa said tae Poloko. 'C'moan. Haud them oot.'

Poloko wis dumfoonert, but held oot his haunds.

Tapiwa hunkered doon for a guid sicht o them. Efter a meenit she pynted oot somethin tae Sepo, and he hunkered doon tae look and aw. Syne Tapiwa raxed oot tae feel Poloko's haunds.

'Haw!' she shouted. 'It's jist whit we thocht. Yer haunds are claggy.'

Poloko ettled tae speak, but his words were drooned by the shouts o Tapiwa and Sepo. 'Thief!' they gollered. 'Thief! Thief!' It wis a shill skreich, and it turnt Precious's bluid tae ice jist tae hear it. She wunnered whit like it wid be tae hear somebody shout that oot aboot yersel   maist o aw if ye werena a thief and never had been.

Precious stood still as a stookie. The ithers were

53

noo makkin sic a rammy that yin o the teachers had got wise tae it and wis comin tae see whit wis wrang.

'Whit's aw the stramash?' the teacher spiered. 'Can you bairns no keep the noise doon when ye're playin?'

'We hae fund the thief,' Tapiwa shouted. 'See, Maw, see! His haunds are aw claggit. If ye want tae ken whaur thae iced bannocks are, they're richt there – in Poloko's kyte!'

THE TEACHER FROONED. 'Whit's aw this?' she spiered. 'Are you bairns fechtin?'

The twa accusers were gleg tae nae-say this. 'We're no fechtin, Maw,' skirled Tapiwa, pyntin a fingir at Poloko. 'We hae fund the thief. It's this laddie! This laddie richt here!'

The teacher gied Poloko a look. 'Hae ye pauchled somethin, Poloko?'

Poloko hung his heid. 'Naw, Maw, I hinna stolen onythin.'

The teacher turnt tae goave at Tapiwa and Sepo. 'Whit for dae ye say he's a thief?'

'Because some iced bannocks hae been eaten,' Sepo burst oot. 'And his haunds are claggy. Look at them, Maw!'

The teacher gied a sech. 'Plenty o folk hae claggy haunds,' she said. 'That doesna mean that they're thieves.' She paused, lookin doon at Poloko. 'Ye're shair ye hinna pauchled onythin, Poloko?'

The lad wis gey near greetin. 'I hinna pauchled onythin, Maw, I sweir it.'

The teacher wagged her fingir at Tapiwa and Sepo.

'You caw canny aboot accusin folk o things when ye dinna hae ony proof,' she said. 'Noo awbody gang awa and play, and nae mair fechtin, please.'

Tapiwa and Sepo daunered aff, but ainly efter giein Poloko a sair look. It wis the kinna look that said *Ye're aye a thief, ye ken*. And

Poloko, wha wis dootless feelin seik and scunnered, daunered aff the ither wey.

Precious waited for a meenit afore gaun efter the soor-faced laddie. 'Poloko,' she said, as she cam up tae him, 'I believe ye. I dinna think ye're a thief.'

He stapped. 'Thank ye, Precious. I ken ye dinna think that.' He looked ower his shooder tae whaur aw the ither bairns were staundin, luggin in tae whit Tapiwa and Sepo were sayin. 'But they'll aw think I'm a thief.'

Precious kent that whit he said wis true. But she didna like the thocht o him bein aye sae doon at hert, and sae she ettled tae comfort him mair. 'It doesna maitter whit folk like yon think,' she said. 'Whit maitters is whit yer freens think. I'm yer freen, and I ken ye're tellin the truth.'

He listened tae whit she said and wis aboot tae say somethin back when the bell soondit for them tae gang back tae the schuilroom. Sae he jist mummled, 'Thank ye,' and didna say ocht else.

But Precious wisna gonnae lea it there. That efternoon, when aw the bairns left the schuil and stertit tae walk awa hame unner the bealin African sun, she fund Poloko and spiered at him tae chum her doon the road. They were gaun the same wey, as he didna bide that faur awa fae her.

He wis pleased that she spiered, as they could baith see the ither bairns lookin at him wi misdoot in their een.

'Ye see,' he said. 'They've tellt awbody. Noo they aw think I'm a thief.'

'Dinna pey them ony heed,' said Precious. 'They can think whit they want tae.'

She kent, hooever, that it wisna that simple. We aw fash aboot whit ither folk think, even if we dinna hae tae. It wis easy eneuch tae *tell* somebody no tae tak tent o that kinna thing; it wis a sicht harder tae act on thae words.

They set aff alang the path that wund its wey doon the brae. It wis a narra, joukin path – here and yon muckle boolders had whummled doon the brae thoosans o years syne and the path had tae jink around them. In atween the boolders, trees had raxed up, their roots snoovin their wey through the gaps in the stane.

Thae trees made the bits in amang the

craigs a braw, caller bield fae the bleeze o the sun, and sometimes Precious wid sit doon there tae rest on her wey hame. But thae spots were guid hidie-holes for snakes tae, sae ye had tae caw canny or...

There wis a soond aff amang the craigs, that gied them baith a fleg.

'A snake?' whuspered Poloko.

'Mibbe,' said Precious. 'Will we hae a look?'

Poloko noddit his heid. 'Aye, but we'll hae tae caw canny.'

They heard the soond again. This time Precious thocht it micht be comin fae the tree, and she keeked up intae the brainches.

'There!' she said, pyntin intae the fankle o leaves and brainches.

Poloko keeked up. He dooted he wis gonnae see a snake snorled roond yin o the brainches, but that wisna whit met his een.

'Puggies!' he said.

Precious smiled. 'They were keepin a watch on us.'

And syne, jist as she wis speakin, yin o the puggies drapped somethin. It fell doon fae the tree, lit up in a leam o licht through the leaves. Poloko watched it, and syne ran forward tae pick it up, peyin nae heed tae the yabblin clishmaclaivers o the puggies ower his heid.

For a meenit or twa he goaved at it afore haundin it tae Precious.

It wis a daud o iced bannock.

OO SHE WIS SHAIR. But it wis yin thing tae be shair aboot somethin and anither thing awthegither tae prove it tae ither folk. That's somethin aw detectives ken, and although she had ainly jist stertit bein a detective, Precious kent fine weel that if ye wantit folk tae believe somethin ye had tae shaw it tae them.

That nicht, as she lay on her sleepin mat, she gaed ower in her heid whit she had seen. The puggies were the ill-daers – they had gien themsels awa – but it widna be easy tae catch them in the act. Puggies were gey knackie and gleg, and in their ain special puggie-like wey, awfie sleekit. It wis easier tae catch a human reid-haundit

63

than tae catch a puggie.

Reid-haundit...It wis jist a phrase, twa words that meant tae catch somebody in the middle o daein somethin wrang, but it wis a guid wey o pittin it and... Reid-haundit?

She steekit her een and thocht aboot hoo puggies wid pauchle bannocks. They wid jouk in through the windae when naebody wis lookin and their wee haunds, that were that sib tae human haunds in ilka wey, ainly mair hairy, wid rax oot and wheech awa whit they were efter. Thae wee haunds... Whit if the thing they were ettlin tae wheech awa wis even claggier than the claggiest iced bannocks? Whit if it wis a cake stappit fou wi...icin sugar and GLUE?

Like aw guid notions, this yin wis eneuch tae mak ye sit up strecht as a caber. And that's whit Precious did, sittin up on her sleepin mat, wi her een open

wide and her mooth in a braid smile. Aye!
She had thocht oot hoo tae trap a thief, in
particular yin wi tottie wee haunds!

She lay doon and steekit her een yince
mair. It took a fair while for her tae faw
ower, as is aften the wey o it when ye hae
an awfie braw notion, but in the end she
wis nid-nid-noddin and syne she gaed tae
sleep.

She dreamed, and whit wid her dreams
be aboot but puggies? She wis stravaigin
in ablow some trees in her dream, and
the puggies were up in the brainches
abune her. They were cawin oot, and whit
bumbazed her wis that they were cryin

her name. *Come awa, Precious. Come awa up and jyne us.*

In yer dreams ye can aften dae things ye jist canna dae when ye're waukin. Precious wisna normally that awfie guid at sclimmin trees, but in her dreams she wis. It wis a doddle, in fact, and in nae time she wis up in the brainches wi the puggies. They gaithered in aboot her, their tottie, snirket faces fou o joy at haein a new freen. Saft, tottie haunds tigged her, clappin her doucely, while ither haunds reenged in her lugs and hair.

Syne they took her by the haund and led her alang yin o the brainches. The grund wis hyne awa ablow her, that dour and stany if ye were tae faw. *Dinna be feart,* said yin o the puggies. *It's a doddle, ye ken.*

And at that, Precious begun tae swey fae brainch tae brainch, jist as the puggies dae. It wis the brawest, lichtest feelin, and

her hert soared as she skimmered wi nae trauchle at aw through the canopy o leaves. Sae this wis whit like it wis tae bide in the trees – it wis like bidin in the sky. And it wis like fleein tae. As she lowsed her grip o yin brainch and sweyed through the air tae anither, she felt as licht as yin o the leaves itsel micht feel as it drapped fae the brainch.

She traivelled through the trees, wi the puggies aw roond aboot her, wavin tae her, cryin her on. And syne slowly the trees thinned oot and she wis on the grund yince mair. She keeked aboot for her freens, the puggies, and saw that they were awa. This is hoo it is wi dreams: they tak us tae places we canna bide in; they bring us freens wha'll soon be awa. That is the wey o it wi dreams.

HE NIXT MORNIN, Precious wis oot o her bed afore onybody else in the hoose. She had wark tae dae – detective wark – and her first task wis tae bake a cake. This wisna a trauchle for her, as she wis a braw cook and had a weel-usit recipe for sponge cake.

Precious had learnt tae cook because she'd had tae – her mither had dee'd when she wis jist a peerie wee thing, and although her faither thocht that he wis lookin efter her, when it cam tae cookin meals it wis Precious that looked efter him!

The cake didna tak lang, and wis soon oot o the oven. It smelt brawsome, but she held hersel back fae cuttin a scliff for hersel tae pree it. Insteid o daein that, she took a knife and cut oot the hert o the cake sae that it wis left wi a muckle hole intil it.

The nixt pairt o the ploy wis mair o a scutter. Her faither had a buckie aside the hoose – a place whaur he sortit fence stobs and did orra bits o widd-wark for neebors. On a shelf in this buckie wis a muckle pot o glue that he used for jynin widd thegither – it wis gey strang glue, a thick, claggy batter that wis jist the very dab for whit she wis wantin.

Awfie, awfie cannily, takkin tent no tae get ony on her fingir, Precious liftit three-fower spoonfaes o this glue ontae a plate. Pittin the glue-pot awa on the shelf, she gaed back tae the kitchen. Noo she took the daud o cake that she'd taen fae the middle o it and steered it in wi the glue. It made a braw slaistery smacher

– jist the thing she wis efter.

Noo she pit this claggy mixter back in the hole in the cake and smoored the haill thing ower wi icin. Tae roond it aff, she stuck a wheen reid and yella jeely sweeties on the tap. Naebody wid be able tae resist sic a cake, she thocht. Certainly nae puggie wid.

'Yon's a braw cake ye've cooked,' said her faither ower his breakfast. 'Is that for yer teacher?'

Precious smiled. 'Naw, I dinna think sae.' She could imagine whit wid happen if the teacher set aboot eatin that particular cake.

'For yer freens?' spiered her faither.

Precious had a wee thocht intae hersel. She minded her dream and the wey the puggies in it had welcomed her tae their trees. Aye, they were her freens, she thocht. For aw their pliskies and cantrips, they were her freens.

She cairried the cake tae the schuil in a box. When she arrived, she pit the box doon cannily and took oot its mooth-slabberin contents.

'Hoo's yon for a cake!' somebody skraiked.

'Dinna lea it there,' anither said. 'If ye lea it there, Precious, Poloko will be shair tae pauchle it!'

The ither bairns lauched at this, but Precious didna. 'Dinna say that,' she said crabbitly. But they did, and they said it mair.

'Poloko will gollop the haill thing,' said yin o the laddies. 'That's hoo he's like a hoose-end. He's a thievin fat fodge!'

Precious hoped that Poloko hadna heard this, but she wis feart he had. She saw him walkin awa, his heid doon. Folk are that ill-hertit, she thocht. Hoo wid they like tae be cried a thief? Weel, she wid shaw them jist hoo wrang they were.

Wi the cake left ootby, on the shelf whaur the bairns left their pokes, the schuil day began. Precious gaed intae the schuilroom and ettled tae concentrate on the lesson the teacher wis giein, but it wisna easy.

Her thochts kept stravaigin awa, and she fund hersel imaginin whit wis gaun on ootby. Her cake wid be sittin there, a sair temptation tae ony puggie gangin by, and it wis shairly ainly a maitter o time afore...

It happened aw o a sudden. Yin meenit awthin wis quiet, and the nixt there cam a muckle wheeplin soond fae ootby. The wheeplin grew looder, and wis soon a kinna yowlin soond, a bit like the skreich o a fire engine.

The teacher and the haill cless looked up, dumfoonert.

'Whit in the name o the wee man is gaun on?' spiered the teacher. 'Open the door, Sepo, and see whit's aw the stramash.'

The haill cless took this as a biddin tae gang tae the door, and they were aw soon gaithered roond it, and the windaes tae, keekin oot tae see whit wis gaun on.

Whit wis gaun on wis that twa puggies

were jiggin up and doon alangside o the shelf, their haunds steekit fast in the mixter o glue and cake. Nae maitter hoo hard they warsled tae win free, ilka time they poued oot a haund it cam wi a lang streek o glue hingin tae it that harled it back in. They were rump and stump, heid and heels steekit tae the cake.

'See,' skirled Precious in triumph. 'Yon's yer thieves, Maw. See yon!'

The teacher lauched. 'Aye weel. Sae it's puggies that's been up tae nae guid. Aye weel!'

The schuil gairdner had heard the wheeplin and yowlin, and noo he appeared. Takkin haud o the puggies, he poued them awa fae the cake, freein them tae skelter back tae the trees no faur aff.

'Wee scunners!' he skraiched, shakkin his nieve at them as they vainished intae the trees.

The teacher cawed awbody back tae their desks. 'We'll hae tae tak mair care fae noo on,' she said. 'Dinna lea onythin

oot tae tempt thae puggies. That's the wey
tae sort that.'

Precious didna say onythin.

Syne the teacher gaed on. 'And I hope
there's some amang ye that hae learnt a
lesson,' she said. 'Thae wans that accused
Poloko o pauchlin micht like tae think
aboot whit they hae jist seen.'

The teacher looked at Sepo and Tapiwa,
wha baith looked doon at the flair. Precious
watched them. Aye, they had learnt a
lesson, she thocht.

On the wey hame fae schuil that day,
Poloko cam up tae her and thanked her for

whit she had done. 'Ye're a gey guid-hertit lassie,' he said, 'Thank ye.'

'That's aw richt,' she said.

'Ye're gonnae be an awfie braw detective yin day,' he gaed on. 'Dae ye still want tae be yin?'

She had a wee thocht tae hersel. It wis a guid thing tae be a detective. Ye could help folk that needit help. Ye could fecht injustice. Ye could mak folk happier – as Poloko wis noo.

'Aye,' she said, 'I doot that's whit I want tae be.'

They daunered on. In the trees no faur aff, a wheen wee een were watchin them through the leaves. The puggies. Her freens.

Poloko walked back past her hoose, and Precious turnt tae him and said, 'Wid ye like me tae mak a cake? We could hae it tae oor tea.'

He said he wid, and while Precious

baked the cake, he sat ootby and sniftered at the braw smell waftin through the kitchen windae.

Syne the cake wis ready, and they each had a muckle scliff.

'Perfect,' said Poloko. 'Tap o the cless, heid o the heap, nummer yin cake.'

And that is when she thocht, *When I hae a detective agency I'll cry it the Nummer Wan Ladies' Detective Agency.*

Mony years efter, she did jist that. And that tells ye somethin else: when ye mak up yer mind tae dae somethin, and ye really want tae dae it, weel, ye can. Ye really can.

PRECIOUS RAMOTSWE'S GUIDE TAE SCOTS

ae: one
awbody: everybody
awthin: everything
aye: yes
aye: always, still, yet
ayewis: always
bannock: cake, bun
baudrans: pet name for a cat
bealin: very hot
beek: bake
belang: belong to
ben: in, through
biddin: invitation
bield: shelter
bink: bench
bittock: small bit
bleeze: blaze, heat
bothy: hut
braid: broad, wide
braw: great, good

brawsome: excellent ,delicious
bucht: enclose
buckie: shed, workshop
bumbaze: amaze
bumflie: lumpy
caller: cool
canny: careful
cantrips: mischief, tricks
caw canny: be careful
champit: mashed
chap: knock
chiel: fellow
claggit, claggy: sticky
clap: stroke, pat
clishmaclaivers: chattering
coorie: crouch, huddle
couthy: friendly, pleasant
cowp (ower): knock (over)
crabbit: cross, angry
craig: rock
daud: piece, lump
dauner: saunter, wander
dicht: wipe
ding: strike
dirl: shake
doddle: an easy thing
dook: dip
doot: think, suppose
doucely: gently
dour: severe, hard

dreich: dull
drouthy: dry, thirsty
dumfooner: astonish, surprise, confuse
dunt: hit
ee(n): eye(s)
ettercap: spider
ettle: try, intend
fankle: tangle
fash: bother, annoy, worry
faw ower: fall asleep
feart (at): afraid (of)
flee: fly
fleg: scare
flegsome: frightening
fodge: fat person
forbye: besides, except
fykie: tricky, awkward
gadgie: guy, fellow
gang: go
gey: very, rather
girn: complain
glaur: mud
gleg: keen, agile
goave: stare
goller: yell
gollop: eat greedily
gowk: fool
gowpen: handful
greet: cry, weep

grumphie: pig
grunchin: grunting
harl: drag
hashie: careless
heeze: lift, raise
hoo: how or why
huil: husk
hunners: lots
hyne awa: far away
ilka: each, every
ill-daer: culprit
ill-hertit: cruel
jalouse: guess, suspect
jaw-hole: plughole
jink: dodge, slip
jouk: dodge, bend
keek: look, peek
kenspeckle: famous, familiar
kittle (up): excite, please
kizzen: cousin
knackie: nimble
kye: cattle
kyte: stomach
leam: beam (of light)
leet: list
lippen (on): trust
lug: ear
luggin: listening
loof: paw, palm
lowp: leap, jump

mind: remember
misdoot: suspect, suspicion
mixter: mixture
muckle: big, much
nae-say: deny
nebbie: nosy
neeps: turnips
nether: lower
nieve: fist
ocht: anything
ootby: outside
orra: odd
parritch: porridge
pauchle: steal
pech: gasp
pensefu: thoughtful
pewl: whine
piece: snack, sandwich
pliskies: tricks
poke: bag
pooch: pocket
pree: taste, test
puckle (a puckle): a small
    number or amount
puggie: monkey
rammy: din, racket
rax: reach, stretch
reenge: explore
roose: disturb, anger
rump and stump: completely

scanse: inspect
scart: scratch
scliff: slice
sclim: climb
scran: food
scunner: disgust, displease, or
    an annoying thing
scunnersome: unpleasant,
    revolting
scutter: an awkward or
    messy task
sech: sigh
shair: sure
shill: shrill, high pitched
shither: shudder
sib: similar, related
sic: such
skelp: smack, move quickly
skimmer: glide
skirl: scream, shout
skoosh: something easy
skraik: shout
skreich: scream
slaister: cover thickly
slaiver: dribble
sleekit: cunning
smacher: mess, mixture
sneckit: fastened
sneyster: delicacy, tasty snack
snifter: sniff

snirket: wizened
snochlin: snuffling
snod: cosy, snug
snoove: twist
snorl: curl
snowkin: sniffing
spier: ask
stammygaster: astonish, surprise
stappit fou: stuffed full
steek: close, shut, stick, fasten
steekit: closed etc
steer: stir
(an awfie steer: a great amount)
stob: (fence) post
stookie: statue
stoor: dust
stooshie: noise, confusion
stots: bounces
stramash: commotion
stravaig: wander
strinkle: sprinkle
sweel: swill, drink
swey: swing
swither: be uncertain, dither
syne: then, ago
sype: seep, drain
taes: toes
tait: tiny amount

tak tent: pay attention
thae: those
thole: bear
tig: touch
tottie: tiny
traik: hard climb or journey
trauchle: difficult task
unco: strange
unshooglie: secure (not shaky)
wan: one
warsle: struggle
waukin: awake
waur: worse
wheech: swipe
wheen(a wheen): a large number or amount
wheeplin: squealing
wheesht: quiet
(haud yer wheesht: be quiet)
whit wey: why
whummle: tumble
yabble: talk excitedly
yett: gate
yin: one
yowl: howl

Alexander McCall Smith was born in Zimbabwe and educated there and in Scotland. He has written more than 60 books for children and adults, including the *No.1 Ladies' Detective Agency* series. He lives in Edinburgh.

James Robertson is general editor of, and a contributing author to, the Itchy Coo imprint. His books include Scots translations of A.A. Milne's *Winnie-the-Pooh* and Roald Dahl's *Fantastic Mr Fox* (*The Sleekit Mr Tod*), and he also writes fiction for adults. He lives in Angus.

Iain McIntosh's illustrations have appeared in award-winning design, advertising and publishing. He works from the New Town of Edinburgh close to 44 Scotland Street.

Braw Books for Bairns o Aw Ages

www.itchy-coo.com